LÉON THÉVENIN

La Renaissance

Païenne

Étude sur Lévy-Dhurmer

CHEZ LÉON VANIER, PARIS

19, Quai Saint-Michel

1898

LA RENAISSANCE PAÏENNE

ÉTUDE SUR

LÉVY-DHÜRMER

SAINT-DENIS. — IMPRIMERIE H. BOUILLANT, 20, RUE DE PARIS.

LÉON THÉVENIN

La Renaissance

Païenne

Etude sur Lévy-Dhürmer

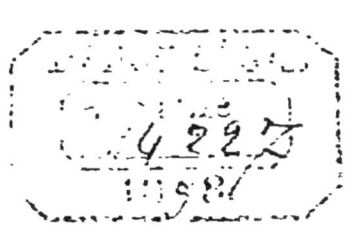

Chez Léon VANIER, Paris

19, Quai Saint-Michel

1898

A

RENÉ THÉVENIN

LA RENAISSANCE PAÏENNE

ÉTUDE SUR

LÉVY-DHÜRMER

Lorsque les voix du Christianisme annoncèrent sur les rivages de la mer Égée que Pan venait de mourir, les nymphes du Cyllène ont ri sur leurs sommets boisés, et les fontaines incrédules se raillèrent de la téméraire nouvelle. Elles se souvinrent qu'Hermès, enveloppant d'une fourrure de lièvre le petit Dieu quand il naquit, avait montré à Cypris sa face effrontée et cornue... Et la Déesse, dans un sourire, lui conféra les promesses d'une éternelle durée ! — Comment, disaient-elles, se pourrait-il que Pan mourût ? Le rusé ne disparaît que pour renaître. Pareil au grain enfoui dans la terre et qui germe, sa mort apparente cache une résurrection. Quand la forêt reverdira, nous entendrons sa chanson bucolique, et sur les promontoires battus du flot bruyant, il reviendra pour regarder la mer !

Elles disaient vrai ; jamais la Nature ne fut moins résignée à mourir. Jésus pouvait la répudier comme une indigne épouse. Mais câline, elle a su l'étourdir d'une ivresse légère, et, n'osant pas tenter son Maître, elle a voulu, du moins, servir à ses desseins. Au lac de Génézareth, elle atténuait de brume douce les contours trop réels. Elle les pénétrait d'idéalisme. Comment dans ces mirages de la lumière, les Apôtres eussent-ils été matérialistes? Elle fleurit encore dans les versets de la Parabole avec les lis des champs. Comme un tapis de soumission, elle étendra devant le Sauveur des cyclamens violets et des anémones roses dans les déserts de la Judée. Et du sang qui coula du bois d'agonie, elle a fait naître la Fleur de la Passion ! C'est ainsi que la terre pleure la mort de ses dieux : dans les enchantements de ses renaissances, elle ramène l'espoir de leur retour prochain.

Toute la vertu du Paganisme résida dans cette adoration de la Nature conçue comme animée et vivante. Mais cette croyance ne s'appuyait sur aucune révélation extérieure. Elle fut contemporaine du premier regard qu'un peuple-enfant promena sur le monde. — L'homme primitif, en communauté d'âme avec la vie universelle, reportait volontiers à des dieux les causes de ses sensations. La nuit, de son haleine qu'alourdissaient les roses, baisait sa lèvre avec une fugitive tendresse. Au mois où les colombes s'aiment, la terre le consumait de ses brûlantes envies. Aphrodite lui souriait sur la mer de violettes avec le tremblement des vagues. « Il semble, dit Creuzer, que ces hommes ne soient pas comme nous. Esprits élémentaires, doués d'une vue merveilleuse de la nature des choses, ils ont un pouvoir de sentir en quelque sorte magnétique. »

Assurément, ce monde leur apparut comme un drame divin. Les vapeurs diffuses qui s'élèvent de la mer, évoquaient un gracieux ébat de vierges parmi les flots. Ils s'effrayaient des aboiements de Lamie aux récifs. Les écueils de la mer de Sicile vivaient dans le monstre Scylla. Alcyon, dans les baies solitaires, gémissait avec le cri des mouettes. Pareillement, un cycle de déesses personnifiait à leurs yeux les énergies de la terre. Dans le feuillage des noirs lauriers, bruissait la plainte de Daphné. Le rire des nymphes chuchotait avec les fontanelles. Et chaque soir, une légende insaisissable animait l'ombre des chênes, dans la nuit pleine de Dieux.

Comme un souffle d'abstraction et de mort, le Christianisme de Paul a desséché ces Jardins de la terre. L'Évangile de Jésus ne contenait pas ces conséquences. En séparant le principe naturel des choses du principe divin, Paul et l'Église à sa suite, ont tué sous l'Éternel la création ; et, pénétrant la matière d'une nécessité impie, ils ont fait en même temps du monde idéal « le théâtre d'une liberté sans frein comme sans loi[1] ». Cette vue étroite, qui mutile le monde en l'arrachant de vive force à l'unité qui le contient, gêne l'esprit moderne. — Nous refusons avec opiniâtreté de dissocier à ce point la matière et l'esprit. Accoutumés

(1) Schelling.

à reconnaître l'unité sainte de la Nature avec son Dieu, nous sommes fermement persuadés de leur indissoluble union. Et c'est notre félicité de nous élever à cette contemplation, qui est comme un essai de vue universelle.

Quand les pleureuses de Byblos, au son des flûtes furieuses, menaient le deuil du Bien-Aimé, elles savaient qu'Adonis, aux chaudes ivresses du printemps se relèverait des souterraines demeures, et que l'Hadès sanglant ne le gardait pas sans retour. Aussi, tout baigné d'aromates, ceint d'anémones et couronné d'oranges, il entrait au tombeau plein des promesses de la résurrection. Saintes-Femmes, qui ensevelîtes Jésus dans le linceul qu'ont déplié les Anges, une fraternelle destinée vous réunit à ces pleureuses. Le drame divin d'un Dieu mis au sépulcre et qui renaît, présente ici son double aspect : du monde réel et naturel au monde idéal et divin.

C'est pourquoi le Paganisme travaille d'un éternel levain de poésie l'âme de tout artiste. Feuerbach, sans doute, et Heine ont tort, quand ils prétendent que l'esthétique chrétienne pervertit nos instincts. Il n'est pas vrai que la folie de la Croix, en renversant la Nature, ait aboli la beauté. mais l'art s'affaiblirait parmi les abstractions et les subtilités que le Christianisme présente à son inspiration. Laissez-le dans le terreau brûlant de la vie sensible, plonger ses racines avec avidité. Ce fruit d'âpre saveur s'enrichira des libéralités de la matière. N'est-ce pas en elle que bouillonne la frénésie de la vie ardente, la féconde vertu qui, des cuves de la Nature, fait jaillir par myriades les êtres ? Dans ce creuset de métamorphoses, où la vie en pourpre chaude ruisselle, les rêves de la Création s'organisent ; chaque semence déploie ses énergies ; et du chaos primitif se dégagent les harmonieuses conceptions de la Conscience Universelle.

Ainsi, comme aux beaux jours de l'Hellénisme, le Paganisme préside encore aux conceptions de nos artistes. Et c'est son influence que nous allons étudier ici, dans l'œuvre de Lévy-Dhürmer.

*
* *

Le public connaisseur apprécia comme une découverte l'œuvre de cet artiste, quand on l'eût réunie pour un jugement d'ensemble. Sans doute, il racontait des rêves impénétrables pour le bon sens vulgaire. Mais cette recherche partait d'une âme robuste et gardait de la force jusqu'en sa mièvrerie. Elle révélait avant toutes choses les séductions de la Nuit et ses vaporeuses tendresses. Cette lumière intraduisible qui tombe des nuits d'été toutes frémissantes d'une poussière de feu ; les clairs de lune sur la mer ; ces diffuses clartés que réfléchissent les nappes d'eau sous la limpide infinitude du soir, c'était là le domaine de sa prédilection. Comme s'il avait vécu dans l'idéale cité des rêves de Shakespeare, son œuvre traduisait la fantaisie du clair-obscur. — Et comme faculté dominante, apparaissait en lui l'intelligence du mystère; l'intelligence de cette énigme qui fait notre tourment, et qui créa les symboles et les mythes et les plus belles œuvres d'art.

C'est ainsi qu'éloigné de toute vie fiévreuse, il habitait parmi les formes éternelles, dans les féeries décoratives que son imagination déploie: monde invisible où nous transporte son rêve de panthéiste, et que baigne la voluptueuse lumière de la Renaissance païenne.

Cette faculté du rêve l'affranchit des servitudes où tout artiste s'affadit quand il fréquente la société. — « L'impression qui me reste en sortant d'un salon, aimait à dire E. Renan, c'est le désespoir de la civilisation. » Esprit indépendant et solitaire, M. Lévy-Dhürmer n'a vécu qu'avec lui-même. Il a rejeté loin de lui les artifices et les mensonges qui obscurcissent de leur voile le monde de la vie intérieure. Et dans cette solitude, il n'a plus écouté que les adorations de son cœur vers les choses belles et désintéressées.

Système de vie vraiment divine, que cet esprit de renoncement consacré à un idéalisme que n'entend plus notre vulgaire bourgeoisie et que dédaigne notre aristocratie frivole.

Et si la Nuit est son inspiration constante, c'est le côté nocturne de l'âme qu'il ouvre encore à notre rêve: monde inquiet de craintives pensées, jardin d'une vie nuancée où s'épanouit un infini de songe, occulte univers en qui toute lumière s'éclipse, où toute vision devient un leurre ! —

C'est que l'âme ressemble à cette lagune des côtes bretonnes où repose dans une eau sans mémoire la cité morte d'Ys. Des ruines s'y amoncellent, ensanglantées par des passions inapaisables. L'oubli les a couvertes de la végétation parasitaire des plantes d'eau. Et parfois, un bruit de cloches la fait vibrer encore, comme si la ville engloutie voulait rentrer en possession des joies que ses dissolutions lui ont fait perdre. M. Lévy-Dhürmer est le peintre de ce monde intérieur. Comme un plongeur sous une cloche, il n'a vécu que dans ces muets abîmes.

Sa conception de la Femme reste très proche de la Nature. Léda, Circé, ou les prêtresses d'Éleusis évoquent des êtres gracieux, sans ordre ni loi dans leur vie, et menant jusqu'au bout une existence heureuse. Léda succombe au désir de l'oiseau. Circé est le rêve ambigu du monde sous-marin. Et quelle autre discipline ont pu connaître les deux servantes des mystères, si ce n'est celle de l'eau qui coule et du vent qui murmure? Elles ont cette finesse énigmatique des êtres que la satiété des jouissances n'a pas encore vaincus. Leur élan les emporte d'un bond vers les objets de leurs désirs. Restées tout près de la terre, elles gardent l'ingénuité des forces naturelles. Leur corps a la mobilité souple des eaux courantes. Jamais ces fronts étroits n'ont défailli sous l'obsession des pensées abstraites. Elles se reposent tranquillement dans le luxe de leur sagesse naturelle. Et leur sourire ironique et divin est bien

moins fait du contentement de ce qu'elles savent,
que du pressentiment de ce qu'elles ignorent.

Ces bouches qui appellent la bouche, ces bras
qui s'ouvrent pour étreindre, expriment le symbole adorable des curiosités qui s'éveillent.
Sakountala devait ressembler à ces femmes. Ne
résumait-elle pas le mystère du monde et sa grâce ?
Des fleurs naissaient à son passage. Dans les eaux
vives où son corps se baignait, s'entr'ouvraient les
lotus. Les gazelles la suivaient au parfum de son
corset d'écorce. Et de chacun de ses sourires, des
abeilles naissaient. Nausicaa d'Homère a cette
suavité. Jamais les rêveries mystiques, les éner-
vantes extases n'ont émacié ces visages, ni déprimé
ces corps. Ces petites mains sont faites pour cueillir
à la fois toutes les roses du désir.

C'est ainsi que l'œuvre de M. Dhürmer représente le rêve inné de la matière et ses aspirations
confuses ; la sourde velléité qui presse toute chose
de parvenir à la conscience ; l'effort du devenir ;
ce qui va être de préférence à ce qui est ; l'aspiration du réel vers l'idéal ; de la nature vers l'esprit, et de l'instinct vers la raison. L'âme créatrice
qui se répand par l'univers ; la volonté aveugle
qui, pour se révéler à soi-même, s'objective en
des formes précises ; l'amour universel dont les
êtres sont nés, voilà ce qui circule en cette œuvre,
ce qui relie entre elles ces diverses pensées. Une
image n'est pour M. Dhürmer que la forme visible
d'une émotion. Ses figures sont du rêve concentré.
La forme chez lui traduit un sentiment, et la struc-

ture de l'être ne représente que le vivant symbole des volontés obscures qui le constituaient. Et partout la vie, la vie universelle est présente à cette œuvre. Sous un aspect voulu, laborieux, compliqué, rien de moins artificiel, de moins extérieur, de moins convenu. Une âme est immanente à ce dessin. Elle se répand dans ces toiles, à la manière dont le Feu stoïcien circule dans l'univers.

Par là, il est profondément païen. Ce qui répugne le plus aux esprits de cette race, ce sont les théories mécanistes qui réduisent l'univers à une combinaison fortuite de mouvements. La nécessité n'exprime pour cet artiste que les stades successifs de la contingence, les marches d'approche par lesquelles la Nature s'élève sans cesse vers l'idéal qui l'affranchit et qui la guide. Son esthétique repose sur la croyance aux causes finales mues par la Liberté.

Grâce à cette compréhension intelligente des puissances intérieures qui animent la Nature, et dont notre pensée n'est que l'achèvement et le vivant miroir, M. Dhürmer se rattache aux grands artistes de la Renaissance, et par delà, aux maîtres de l'Hellénisme antique.

.˙.

Élevons-nous donc avec lui, des instincts primitifs et des penchants obscurs qui sommeillent dans les êtres à peine organisés, jusqu'aux métamorphoses où les oppositions se fondent et s'ordonnent dans l'idée du divin.

... Parmi les végétations qui ramifient leurs éventails dans le bleu-vert des eaux, se profile, symbolisant la vie du monde sous-marin, un visage de Naïade. Des fucus et des algues enchevêtrés à ses cheveux, ondoient dans la pénombre. Et tandis que s'élabore, dans la torpeur de ces eaux mortes, le rêve féerique de la Nature, silencieusement la Naïade sourit. N'est-ce pas la grâce de l'abîme qui se concentre en ce sourire? L'aspiration vers la lumière de ces arborescences délicates, le doux rêve social qui hante les madrépores dans leur sommeil de pierre, résument sur ces lèvres leur charme et leur mystère. Et de fines ramifications, une élégante flore déploient à l'entour leur fantasmagorie, tandis que la nacre irisée et les violets pourprés réchauffent le froid glacis des profondeurs marines. La Naïade cependant, tourmente d'un brin de corail un petit crabe qui se révolte. Cette ironie malicieuse sied bien à la fille des eaux. Émancipée, heureuse, elle est l'âme inconstante de ces végétations, comme leur vivante fleur.

Quel est donc cet ordre éternel d'où se développe toute chose, ce fond identique et vivant, d'où s'émancipe l'inépuisable variété des apparences? Il est malaisé de le connaître. La Nature, en effet, ne se livre pas sans défiance. « Elle agit, disait Gœthe, comme une malicieuse jeune fille qui nous attire par mille coquetteries, et qui, au moment où l'on voudrait s'en emparer, s'échappe de nos mains. » C'est une insaisissable Circé. Voici pourquoi la légende l'avait tracée au fond de la conscience

populaire sous les traits de cette enchanteresse.
Et c'est à ce mythe d'une foi primitive que M. Lévy-
Dhürmer a emprunté son inspiration. La Déesse
est assise sur le sable d'une grève. Elle est vêtue
d'une robe céruléenne qu'un dessin d'algues et de
coquilles rehausse. La tête souriante rêve. La
bouche est du rose vivant et tiède des coraux.
Toute la mer ondule dans l'infini du regard. Et le
torse, cuirassé d'écailles bleues, s'allonge sans fin
sur le sable, pareil à un corps de sirène. C'est avec
une pénétration très compréhensive que M. Lévy-
Dhürmer a exprimé la poésie de la séductrice.
Nous reconnaissons là cette magicienne issue des
sources et des fleuves, perfide, empoisonnant le
breuvage offert à ses convives, mais invitant à cou-
cher avec elle celui qui la menace, et s'étendant
craintive entre les bras qui l'ont frappée. Fou qui
refuserait le lit de la Déesse! — Et pourtant, au-
près d'elle il oubliera la patrie et les Dieux. Et la
Sirène ne lui dira jamais : « Oublie-moi et va-t-en !
Il est dans ta destinée de survivre et de revoir ta
haute demeure. Assieds-toi dans ta barque ; dresse
le mât ; déploie les blanches voiles ; et que le souffle
du vent reconduise ta nef ! »

La supériorité morale du Paganisme résida dans
cette pénétration du profane et du sacré qui mêlait
l'homme à Dieu et la Nature à l'homme. Il igno-
rait ces distinctions de castes et ces oppositions
que la pensée chrétienne introduisit entre les êtres.
A cet égard, le mythe de Léda offre un curieux
enseignement. Aucune pensée impie n'entache de

sa vulgarité cet amour de la Femme envers un Dieu, qui prit pour la séduire les apparences d'un Cygne.

Léonard de Vinci, Michel-Ange et Corrège se sont inspirés de ce mythe. Le premier a répandu sur sa figure cette morbidesse délicieuse que suggérait en lui le mystère des choses. Le génie douloureux de Michel-Ange a versé dans son œuvre sa tristesse sévère. Corrège a rêvé un frais poème de séduction. La grâce agile des nymphes, l'eau vive qui ruisselle et la coquetterie de l'oiseau ; l'ombre somptueuse et bleue et la lumière adolescente, tout y est joie, caresse, extase et abandon.

Que restait-il encore à dire? A exprimer sans doute, grâce aux divinations si pénétrantes de l'exégèse moderne, l'essence même de la légende, la parenté primitive de l'homme avec la nature et les Dieux ; l'indiscernable communion des règnes aux anciens temps du globe ; la vie universelle éprise de sa propre beauté. Et M. Lévy-Dhürmer a tenté de nous dire cela. Il a baigné la scène d'amour d'une vaporeuse clarté de lune qui transfigure le monde. Au bord des calmes eaux, toutes frémissantes d'étoiles remuées, Léda attire le divin Cygne vers sa bouche, et s'agenouille devant lui. Le cou flexible de l'oiseau allie sa courbe au demi-cercle des bras ouverts. Sa tête appuie un baiser aux lèvres qu'elle convoite. Les ailes gonflées s'éploient pour couvrir l'épousée. Et du ciel élevé s'abaisse le voile nuptial de la nuit. Toutes les suavités du printemps frissonnent sur l'eau moirée.

Des arbres bleus caressent de leur ombre argentée l'union mystérieuse. La Nuit complice la protège. Et les fleurs, les feuillages, les cygnes fraternels errant sur l'eau dormante, partagent cette ivresse d'universel amour, ainsi que les planètes lointaines qui vibrent dans l'infini. Cette œuvre captive et porte au rêve à la manière d'une symphonie musicale écrite en ton mineur. Elle découvre des lointains insondables, comme une révélation du mystère éternel.

Cette volonté de vivre enracinée à tant de profondeur dans l'être, et qui le livre à ses passions brutales, engage parfois le cœur en des affections déréglées dont les jouissances sont plus ruineuses que des afflictions. La Grèce a connu ces déviations de nos inclinations naturelles. Et la douleur de cette plaie lui faisant mieux connaître combien ces engagements l'éloignaient du bonheur, elle a pleuré sa vie voluptueuse, dont les dissipations se retournaient si vite en amertume. M. Lévy-Dhürmer a été l'historien de ces égarements. Il en a raconté la poésie désordonnée et la malheureuse servitude, dans une incomparable page.

C'est la nuit sur le golfe. Des oliviers s'abaissent vers les flots. Dans les nuances violacées du lointain, apparaît vaguement une ville de féerie. Et c'est partout la mer impalpable et très douce, dont la tranquillité reflète de la nuit chaude ; une grande étendue remuante où traîne l'image de la lune. Le bruissement de la marée rend perceptible le silence ; et dans l'épaisseur des herbages, deux jeunes femmes s'étreignent en unissant leur bouche. Elles se caressent avec de chaudes paroles ; un irréalisable vœu les opprime ; et la douceur des ivresses partagées déguise mal l'accablement qui les anéantit. Jamais œuvre n'a jeté dans le cœur impression plus violente. Comme l'on sent bien en l'admirant que l'amour n'est ici qu'une manière de pitié ; un vœu d'adoucir pour autrui les douleurs suppliciantes de la vie, et de tromper le sentiment de sa souffrance par le mensonge d'une impossible tendresse ! Est-ce pour cela que ces caresses appellent les pleurs, et que leurs convoitises à peine contentées, laissent à ces lèvres comme une amère saveur de mort ? Si le Néant est l'asymptote de cet amour, c'est que ces élans inutiles du cœur le découragent sans cesse. Et c'est pourquoi le désir dont il est torturé et que rien n'assouvit, appelle à son secours la destruction. — « Fais signe à la Nuit qu'elle descende. Laisse la mort vaincre le Jour (1) ! »

L'amour, la séduction, la Nature, qu'adviendra-t-il de tout cela dans la morale chrétienne ? L'Église d'un seul mot le condamne : c'est la Tentation. L'ivresse des sens est coupable. La Femme, même innocente, si la grâce ne l'a pas rachetée, à ses yeux est impure. Elle est amère à l'égal de la mort. Son désir enfante les Démons. Elle est le filet du pêcheur. Sa bouche a l'amertume d'un vin furieux et qui rend ivre. C'est l'un des sens du mythe d'Ève. L'exilée de l'Éden est un symbole du

(1) Wagner.

monde païen, du règne de la Nature et des sens.

Et voici comment M. Dhürmer rend visible à nos yeux cette conception profonde.

... Vallée tout embrasée du rose de l'aurore ; étang où se reflètent de bleus ombrages ; frémissements de la lumière et de l'eau qui miroite, ... cette solitude embaumée, ce Jardin de séductions, cette terre de fleurs, c'est le tranquille et saint Éden ! — Debout sous l'arbre défendu, la mystérieuse épouse d'Adam rêve ! Elle éblouit de sa chair nue l'obscurité que font les branches. Son élégance fluide en fait la sœur onduleuse de l'eau. Le visage aux yeux sombres s'éclaire d'un fin sourire. Les seins aigus dégagent un invincible charme. Une joie délicieuse émeut la terre à son aspect..... Et naïve, Ève, aux insinuations du serpent, sourit. Est-elle tentée ? Non : surprise à peine. Dieu voulait qu'elle s'égarât. Contrainte à tomber dans l'erreur, elle souffre d'être établie pour une œuvre de ruine ; et, corrompue sans son aveu, paraît tout innocente ! — La Nature alentour exhale ses arômes sauvages. Les fleurs recherchent ses pieds nus. Des papillons d'un bleu-nacré viennent frôler les plantes. Sur les eaux somnolentes rôdent les libellules. Et la lumière extasiée, caresse le contour des hanches et la saillie du flanc où toute l'humanité tressaille ! Assurément, ce n'est pas l'Ève robuste, la créature opulente, aux luxurieuses chairs qu'a conçue Michel-Ange. Mais l'attrait du péché est en elle ; la séduction de l'abîme ; le désir de la Femme, insatiable comme une terre

altérée. — Va! les meilleurs d'entre nous perdraient
l'éternité, pour boire à ta bouche comme un vin
délicieux, les tendresses formidables que tu leur
verserais. Ils te diraient : « Mets-moi sur ton cœur
comme un sceau. L'amour est plus fort que la
mort. Quelle suave odeur vient de toi: Je te suivrais
à ton parfum (1)! »

* *

La Bible est bien sévère. Ses préceptes renfer-
ment d'autant plus d'amertume qu'elle n'offre
aucune consolation. Sans ouverture du côté du ciel,
sans croyance à l'immortalité, elle écrase l'homme
avec les foudres de son Dieu irascible et cruel.
Son âpre conception monothéiste est tout le bien
dont nous lui sommes redevables. Mais la légende
de Psyché, l'histoire de l'âme captivée dans les
pièges de la vie, repentante et pardonnée, c'est
d'Éleusis qu'elle fut donnée au monde. Le Christianisme doit à la Grèce ce qui lui garantit sa durée.
C'est pourquoi la plus grande injustice dont l'histoire ait été le témoin, fut la destruction du temple
de Perséphone sur l'ordre de Constantin le Grand.
— Fou, qui partageait alors l'aveuglement de tous !
— La vision du Labarum, bien loin d'illuminer son
regard n'a fait que l'obscurcir. C'était de ce sanctuaire auguste d'Éleusis qu'allait sortir la religion
universelle. L'Esprit divin rêvant à de nouvelles
métamorphoses s'est répandu de son parvis. Et la
communion du mystère, cette farine tout embaumée

(1) Cantique.

de menthe et des vertus de Déméter, que l'hiéro-
phante offrait aux initiés, est un premier essai du
pain céleste et de l'eau vive que Jésus distribuera
plus tard à ses disciples.

M. Lévy-Dhürmer s'est inspiré de cette idée. Ses
mystères d'Éleusis achèvent son œuvre en lui don-
nant son sens parfait.

Dans un bois de pins, leurs têtes confondues,
leur sourire mêlé, deux jeunes femmes s'avancent,
et lèvre à lèvre se confient le mot de l'énigme que
seules elles connaissent. Une nuit transparente,
chaude, frémissante de vie, s'étale sur la terre. Et
par une échappée de l'horizon, on découvre la mer
et la baie et le sanctuaire d'Éleusis, où sous le
vent qui les abat, brûlent les torches du mystère.

Douceur d'automne. Impression de chaude ma-
turité du monde ; de la flambée des derniers jours
du divin Paganisme. C'est le moment où Perséphone, le symbole adorable de l'âme, redescend à
l'Hadès. Elle emporte avec elle les enchantements
de la vie. Les narcisses, les lilas et les roses son
morts. Et les prêtresses disent : « Ton sourire a
cessé d'illuminer la terre. Mais combien à présent
tu es belle, ô Déesse ! Tu sais la vie d'en bas. La
mélancolie de la mort alanguit ton sourire. Et
dans les profondeurs de la terre, ô Reine des Noc-
tures, tu connais les secrets de la naissance et de
la fin des choses. Mais, en avril, dans les herbes
en fleurs, ne ramèneras-tu pas la ronde circulaire
des Saisons aux suaves haleines ! aux plis de leurs
vêtements que le matin aura trempés, elles rap-

porteront des fleurs. Et quand tu paraîtras, toute
la forêt va reverdir. »

Et méditant l'éternelle odyssée, elles suivent le
voyage de l'âme, entraînée dans l'abîme des corps
par les séductions du désir. — Pourquoi s'est-elle
retirée du principe essentiel? Elle a voulu avec
une attache trop forte épouser la matière. Et ces
embrassements l'ont livrée à la nécessité, ainsi
qu'à l'inertie. Alors, les douleurs de la vie lui ont
donné la nostalgie de l'Absolu. Ensanglantée par
l'expérience, elle a rêvé de la résurrection promise
à ceux qui pleurent. Si la vie n'a été qu'expiation
et qu'épreuve, l'abîme de la mort n'a plus rien qui
l'effraie. Vois comme elle s'est parée pour le der-
nier voyage! O chère tête, que vont envelopper les
éternelles ténèbres de la terre, tu vas être rendue,
après avoir beaucoup souffert, à l'origine céleste
où tout doit revenir !

Voici les idéales figures que nous a présentées
M. Lévy-Dhürmer. Elles expriment sous une forme
concrète, les passions d'une belle intelligence. Et
l'unité de ses créations, le germe vivant d'où s'est
émancipée la floraison de ses œuvres, doit être
recherchée dans sa conception dynamique des
forces de la Nature. L'idée qui domine son esprit
est analogue à celle qu'Aristote exposa dans sa
métaphysique. La matière, à ses yeux, recherche
elle-même sa forme. C'est par l'action d'un désir
interne que s'opère le passage de la puissance à
l'acte. Et c'est au sein de la matière l'activité de
cette forme qui nous explique le devenir. La rela-

tion de ces deux termes est donc le changement.
— Seulement, pour Aristote, c'était un acte pur
qui déterminait la marche des choses. Le potentiel
tirait sa raison d'être d'un actuel préexistant. Et
l'ordre seul de la divinité était immanent au monde.
M. Lévy-Dhürmer mêle plus intimement l'essence
du Créateur à sa création.

On comprendra par là ce que M. Dhürmer pense
du réalisme. Il l'envisage comme la condition
même de la beauté. — « Hors la Nature, dirait-il,
point de salut. » Mais le réalisme est insuffisant. Il
ne nous donne pas ce caractère d'unité qui est la
raison séminale du beau. Et l'intelligence seule le
lui appliquera par sa catégorie de l'idéal.

*
* *

La forme première trouve dans la matière la
possibilité infinie de toutes les formes ; et la matière
suffit à toutes les formes. Mais le possible et le
réel ne se distinguent pas dans l'absolu. Il est tout
en tous. Forme et matière en toutes choses ne
sont qu'Un nécessairement. Chaque œuvre en cette
vie universelle est donc le produit d'un art intérieur et vivant. Il n'y a, suivant les belles paroles
de Schelling, « qu'un destin pour toutes choses ;
qu'une vie, qu'une mort. Il n'y a qu'un monde,
qu'une plante, dont tout ce qui est forme les
feuilles, les fleurs et les fruits ; chaque chose dif-
férant, non par l'essence, mais par le degré de
puissance ; il n'y a qu'un univers enfin, par rapport
auquel tout est d'une magnificence et d'une beauté

vraiment divine, incréé en soi, et comme l'unité elle-même éternel et impérissable (1). »

La Cité de Dieu ne se trouve donc pas en opposition avec la Nature. Celle-ci séparée de l'unité, n'existe pas plus en soi que la partie libre. La puissance suprême ou vrai Dieu est celui hors duquel la nature n'est point, de même que la véritable nature est celle hors de laquelle Dieu n'existe pas.

...Déesse qui fais lever les épis ; qui ensemences les moissons ; aimée des jeunes vierges ; qui erres par des cercles immenses ; germe d'amour ; nourrice universelle ; toi dont le Blé communia au Verbe ; à qui les fleuves sont soumis ; qui te réjouis à la surface des mers ; autour de qui roule le monde changeant des astres ; source de toute vie ; substance de l'univers ; voici qu'après ta longue éclipse dans la nuit du tombeau, les jours de ta résurrection vont luire enfin aux yeux de tous. La tête ceinte encore des violettes de la Mort, tu nous rapporteras la Bonne Nouvelle, un Évangile de vie, d'impérissable amour.

Mai 1898.

(1) Trad. Husson.

IMPRIMERIE DE SAINT-DENIS. — H. BOUILLANT, 20, RU DE PARIS.

www.ingramcontent.com/pod-product-compliance
Lightning Source LLC
Chambersburg PA
CBHW061632180626
46818CB00005B/2347